JAIRO BUITRAGO • RAFAEL YOCKTENG

Eloísa y los bichos

No soy de aquí.

Llegamos una tarde, cuando yo era pequeña.

Mientras papá buscaba trabajo, me quedaba en la escuela...

...como un bicho raro.

Al principio era difícil no ser tan diestra con los deberes,

y ser la más pequeña de la fila.

O que los recreos fueran tan largos,

casi tan largos como la espera en las rejas.

Volvíamos a casa sin hablar con nadie

y algunas veces nos perdimos en la ciudad.

Pero así aprendimos a conocerla.

Con el tiempo ya me sabía el camino a la escuela

y no me importaba tanto que papá me dejara

porque los días pasaban más rápido.

Poco a poco nos hicimos a un lugar,

pero nunca olvidamos lo que había quedado atrás.

Es verdad que no nací aquí... pero en este lugar aprendí a vivir.

Buitrago, Jairo
    Eloísa y los bichos / Jairo Buitrago ;
ilustrador Rafael Yockteng. -- Bogotá : Babel
Libros, 2009.
    40 p. : il. ; 20 cm.
    ISBN 978-958-8445-03-8
    1. Cuentos infantiles colombianos 2.
Libros ilustrados para niños I. Yockteng,
Rafael, 1976-   , il. II. Tit.
I863.6 cd 21 ed.
A1228889

    CEP-Banco de la República-Biblioteca Luis Ángel Arango

ISBN: 978-958-8445-03-8

Babel Libros
Calle 39 A 20-55, La Soledad
Bogotá D.C., Colombia
Teléfono 2458495
editorial@babellibros.com.co
www.babellibros.com.co

Edición: María Osorio

Corrección de color Sandra Ospina.com
Impreso en Colombia por Panamericana Formas e Impresos S.A.
Bogotá, abril de 2013